曆代文總集

皇明文衡

社会科学文献出版社
SOCIAL SCIENCES ACADEMIC PRESS (CHINA)

图书在版编目 (CIP) 数据

明文衡 / (明) 程敏政編. — 北京 : 社會科學文獻出版社, 2015.5
(曆代文總集)
ISBN 978-7-5097-7041-2

Ⅰ. ①明… Ⅱ. ①程… Ⅲ. ①中國文學－古典文學－作品綜合集－明代 Ⅳ. ① I214.82

中國版本圖書館 CIP 數據核字 (2015) 第 022275 號

ISBN 978-7-5097-7041-2

曆代文總集·明文衡（全二十册）

編　　者　（明）程敏政
出 版 人　謝壽光
出 版 者　社會科學文獻出版社
地　　址　北京市西城區北三環中路甲二十九號院三號樓華龍大厦
郵政編碼　一〇〇〇二九
責任部門　綫裝分社（〇一〇）五九三六七二一五
電子信箱　xianzhuang@ssap.cn
項目統籌　鄔啓揚
責任編輯　孫以年　王潔
經　　銷　社會科學文獻出版社市場營銷中心
電　　話　（〇一〇）五九三六七〇八一　五九三六七〇九〇
讀者服務　讀者服務中心（〇一〇）五九三六七〇二八
印　　裝　揚州古籍綫裝文化有限公司
開　　本　185mm×290mm
印　　张　一百八十九點九
字　　數　八百三十八點四八八千字
版　　次　二〇一五年五月第一次出版
印　　次　二〇一五年五月第一次印刷
書　　號　ISBN 978-7-5097-7041-2
定　　價　肆仟叁佰圓整

皇明文衡序

文之來尚矣而後世詞華之習蠹之故近有為道學之談者曰必去而文然後可以入道夫文載道之器也惟作者有精粗故論道有純駁使於其精純者取之粗駁者去之則文固不害於道矣而必以焚楮絶笔為道豈非惡稗而并剪其末惡莠而并揠其苗者哉漢唐宋之文皆有編纂精粗相雜我

朝汎掃積弊文軌大同作者繼繼有人而散出不紀無以成一代之言走因取諸大家之梓行

者仍加博采得若干卷其間妄有所擇悉以前説為準以類相次郁乎粲然可以備史氏之収録清廟之詠歌著述者之考證繕寫成帙以俟後人或曰朱子嘗識文自文而道自道者其語甚力然則近世道學之談未易非也子之是舉無乃勞乎走曰不然考朱子之云蓋為蘇氏之文駁故耳至于楚詞韓文註釋校訂不遺餘力則我先正固嘗以文為意矣必如子説則是釋家不立文字之教走豈敢以為是乎

是乎
家不立文字之教夫豈敢以為
以文為意矣必如子說則是固
校訂不遺餘力則先儒正音釋
文證跋耳至于楚詞韓文註釋
不然者朱子之云盡為蘇氏之
非也子之是集無乃勞乎走曰
其力然則近世道學之談未易
言議文自文而道自道者其論
繕寫成帙以俟後人或曰朱子
錄清廟之詠然著述者之考證收
次有郁乎粲然可以備史氏之取
有所擇焉以前說為準以續相
者乃加謹采得若干卷其間要

賜進士及第嘉議大夫太常寺
卿兼翰林院侍講學士兼修
國史
玉牒　經筵官新安程敏政序

賜進士及第嘉議大夫太常寺
卿兼翰林院侍講學士兼修
國史
玉牒　經筵官新安程敏政序

皇明文衡目録上

卷之一

代言

檄

詔

制

誥

弔泰不華元帥賦　劉基

少微賦　胡翰

奉制撰蟠桃核賦　宋濂

賦

卷之二

擬祭元幼主文　錢宰

祭高麗國山川文　王禕

祭古帝王陵墓文　宋濂

遣祭文

懿祖恒皇后謚冊文

懿祖恒皇帝謚冊文　蘇伯衡

冊

王弼授驃騎衛同知指揮誥

潘雄祖除飛熊衛指揮誥　蘇伯衡

王君仁除山西參政誥

安然除兵部尚書誥　宋濂

宋孔升除翰林侍講學士誥　陶安

張耐除同天少監誥

王文除侍儀使誥

高安除給事中誥

魏鸞除太常卿誥

杭琪除戶部尚書誥

吳琳除吏部尚書誥

汪廣洋除中書右丞誥

卷之三

騷

樂府

卷之四

琴操三十三

飛泉操　宋濂

[illegible]操二首

思[illegible]操　胡翰

風雷引操

在陳操　劉基

古琴操三首　王禕

擬[illegible]操十首　朱右

望[illegible]操　高啓

次[illegible]操　唐肅

[illegible]米操并序　袁[illegible]

前溪操　王[illegible]

後溪操

卷之五

表箋

乙巳年賀千秋節表　朱右

代翰林院官謝[illegible]表　蘇伯衡

國子監[illegible]登極表

代翰林院[illegible]表

代中書省賀平[illegible]表

代秦王府官謝[illegible]表

進大明律表　宋濂

進元史表

謝恩表　劉基

卷之六

奏議二十七　十七

論輔養君德疏[闕] 李賢
應詔求言[闕] 倪謙
陳言修德弭災 章綸
議劉靜修薛文清從祀
陳情題本
登極建言 劉定之

卷之八

奏議

論不當與虜講和奏[闕] 于謙
中興固本疏 程信
論城守疏 周敘
正統十四年啓疏

止親征疏[闕] 王直
直言安國事[闕] 鍾同
建言[闕] 劉球
議吳文正公從祀
請開經筵疏
陳問安啓 楊士奇

奏議

卷之十三

請回鑾南京疏[闕] 呂震
奉天殿災上疏 鄒緝
萬言書 葉居升
論天陣文錢糧十事 鄭士利

卷之十
論

卷之十一　四
論

卷之十二

說十

卷之十三

解釋附

釋統說二首　方孝孺

辯十

說命辯　宋濂

孔子生卒歲月辯

讀管子辯　胡翰

卷之十四

辯

今書辯　王禕

詩辯　王紳

夷齊辯

辯夷　曹端

卷之十五

辯

桂林志辯證三事　陳璉

周王辯　周是修

夏辯　劉定之

卷十六

原五

文原　宋濂

書原　王禕

原諫　梁寅

原治

原命　王叔英

卷之十七

箴二十五

銘十八

卷之十八

銘五

石鼎銘　胡儼
柱直室銘　楊榮
雜器銘　王景
菜遁六銘　唐肅
墨齋銘　宋允升
器物銘二十首　王禕
金上人新秋銘
王允泉銘　劉基
銘
卷之十八
葉叢庵研銘　胡儼
恪齋銘

三希堂石硯銘
紫溪石研銘
且沙鎗漏銘
蒼雪軒銘　宋濂
箴
十八
知藥味箴　王紳
孝人箴十五首　方希古
誡戒誨謹四箴　貝瓊
言箴三　劉基
讀書箴　王禕
齋心堂箴　宋濂
頌
二十五

平戎頌并序　楊士奇

靖難頌　胡廣

詔書喜雨詩并序

四夷朝貢頌并序　解縉

平安南頌　王景

[illegible]萬年[illegible]頌　蘇伯衡

頌

卷之二十

皇明混一天下頌　鄭[illegible]

江漢朝宗頌[illegible]　朱[illegible]

東征詩　[illegible]

平西蜀頌

紀功頌　[illegible]

瑞麥頌

鳳陽府新鑄大鐘頌

嘉禾頌

甘露頌

平江南頌　宋濂

頌詩

卷之二十一

石鍾山銘　楊[illegible]

公勤堂銘　馬愈

鐘銘

守拙齋銘　王直

卷之二十一

贊一十八

問對

卷之二十四

擬天府鄉試策問二首　陳循

國子學公試策問八首　蘇伯衡

策問

卷之二十五

鑄墨林古更　金寔

詰公文　王達

集雲樓　貝瓊

文窗　王禕

志釋　宋濂

古

卷之二十六

韓魏公像贊二首　劉定之

文昌帝君像贊　薛瑄

曹月川先生贊二首　周敘

洪範經圖贊　金寔

詩本贊

自贊

吳思庵像贊　王直

寫容自贊　楊溥

故定平太守忠士事贊　胡濙

七十歲自贊　楊榮

自贊　楊士奇

卷之二十五

書

卷之二十六

書

卷之二十七

書

書

卷之三十五

與方正學書　王叔英

與趙伯欽書

與鄭仲辯書　方希古

答程伯大論文書　朱夏

答朱右秋書　劉[illegible]

與王祥甫書　徐一夔

書

卷之三十六

與宋景濂書　趙汸

答徐大年書

與稽門諸友論宗派書　胡翰

答章秀才書

答吕[illegible]書　宋濂

書

卷之三十七

易說[illegible]　林[illegible]

[illegible]對　貝瓊

王[illegible]問　徐一夔

問[illegible]　蘇伯衡

雜書問對　趙汸

越人對　胡翰

[illegible]對　宋濂

卷之三十二

記

卷之三十三

記

卷之三十九

序

卷之三十八

序

贈徐仲遠序
畫[illegible][illegible]辨序　劉基
[illegible][illegible][illegible]序
王氏敎學纂要序
古樂府詩類編序
風水問答序
羅文質公集序　胡翰
贈李于貞序
味梅齋稿序
太古正音序
洪武正韻序
大明日曆序　宋濂

卷之三十八
記
白鹿洞重修記　王褘
李忠定公祠記　何喬新
撫州重修[illegible][illegible]記　劉珝
天全堂記
古廉先生祠記
重修安定書院記
撫州府新建石橋記　彭時
重修萬壽橋記　呂原
[illegible]樂園記　倪謙
曹氏祠堂記

卷之四十

序

卷之四十一

序

卷之四十二

序

序

奉使安南詩序　　　　　　　　　　　　　　　　　　　　　　　　　　蕭盛

大學要畧序　　　　　　　　　　　　　　　　　　　　　　　　　　洪寬

皇明文衡目録上

皇明文衡目録上

大明嘉靖[illegible]

奉政大夫[illegible]　宗道

[illegible]　兼盛

皇明文衡目錄下

卷之四十五

題跋

恭題豳風圖後　宋濂

恭跋　御製詩後

題司馬公手帖

題王羲之眞蹟後

題淵明小像卷後

朱文公書虞帝廟樂歌後　胡翰

劉養浩鐃歌鼓吹曲跋

范賢良帖後

童中洲和陶詩跋

書劉禹疇行孝傳後　劉基

書善最堂卷

題劉商觀奕圖

題王右軍蘭亭帖

書代祀馬援頌後　王禕

大事記後記

書鄭子美文集後

卷之四十六

題跋

跋東坡尺牘　趙汸

跋歐陽公墨蹟　闕

書所編李文公篇目

卷之四十七

題跋

題跋

卷之四十七

卷之四十八

題跋

卷之四十八

卷之四十九

題跋

卷之五十

雜著

卷八百十四
漢書
守儀之首
西伯戡黎
左氏王孫滿對
卑命
卷八百十五
漢書
漢書十四論
十六國[illegible]州序
季布止伐匈奴
劉[illegible]書

陳平用陸賈之謀
張湯杜周有傳
張騫
公孫弘節儉
東坡[illegible]主論
易卦
唐太宗征高麗
蕭何轉計
韓信為將
紀信[illegible]
董賢
[illegible]十一條

卷之五十六

雜著

榮國恭靖公神道碑〔缺〕　　富安
神道碑
卷之六十九
御製東平國襄公神道碑〔缺〕
御製中山徐武寧王神道碑
神道碑
卷之六十八
大寧碑　　劉定之
敕修河道功完之碑
敕修寺碑　　徐有貞
潮州重修碑之記　　韓雍
碑

卷之六十七
重修開平忠武王廟碑　　王直
后山廟碑
敕賜宴之碑　　楊士奇
敕重修神木山神祠之碑　　胡儼
敕修王祠堂碑　　王英
碑
卷之六十六
元國公廟碑　　劉三吾
關王廟碑
夫祠堂碑　　方孝孺
祠碑　　吳伯宗

靖江王相李公墓誌　陳璉
黄文簡公墓誌　陳敬宗
沐夫人墓誌
道會林君墓誌　吳訥
金榮襄公墓誌 缺　高穀
御史鍾公墓誌 缺　章綸
曉菴塔銘　錢溥

卷之九十

墓誌

行人羅君墓誌　劉儼
國子祭酒陳公墓誌 缺　呂原
康恭敏公墓誌 缺　商輅

王忠毅公墓誌　彭時
學士薛公墓誌 缺
尚書耿公墓誌 缺
岳先生墓誌　葉盛
程襄毅公墓誌　劉珝

卷之九十一

墓表

孝文祝君榮墓表　宋濂
愚菴先生方公墓版文
胡義士墓表　胡翰
合肅溫侯墓表　王璋
明齋先生俞公墓表

卷之九十二

墓表

卷之九十三

墓表

卷之九十四

墓表

石陳先生文　王英
裴侍郎哀辭　王直
徐文肅公誄　金寔
吳先生哀辭　梁潛
鄒處士哀辭　胡儼
徐林先生哀辭　楊溥
蕭隱君哀辭
逵百錄哀辭　楊士奇
哀誄
卷之九十六
自述誄　王偁
弔國殤王翰林文　張洪

哀唐偉辭　王達
弔曹處善文　陳雨
夏尚文太史哀辭　蘇伯衡
周處道哀辭　馬治
師山先生哀辭　汪仲魯
商節婦誄　胡翰
宋志士辭　宋濂
哀誄
卷之九十七
墓表
哀尚賢墓表
祝先生墓表　周敘
劉子欽墓表　錢習禮

卷之九十七

祭文

卷之九十八

字說

皇明文衡目錄

皇明文衡卷之一

翰林院學士新安程敏政選編
鄉進士國子監助教永康范震校正
賜進士應天府儒學教授郊鄄李文會重校

代言

檄

諭中原檄　宋濂

自古帝王臨御天下中國居內以制夷狄夷狄居外以奉中國未聞以夷狄治天下也自宋祚傾移元以北狄入主中國四海內外罔不臣服此豈人力實乃天授然達人志士尚有冠履倒置之嘆自是以後元之臣子不遵祖訓廢壞綱常有如大德廢長立幼泰定以臣弑君天曆以弟酖兄至於弟收兄妻子烝父妾上下相習恬不為怪其於父子君臣夫婦長幼之倫瀆亂甚矣夫人君者斯民之宗主朝廷者天下之根本禮義者御世之大防其所為如彼豈可為訓於天下後世哉及其後嗣沉荒失君臣之道又加以宰相專權憲臺報怨有司毒虐於是人心離叛天下兵起使我中國之民死者肝腦塗地生者骨肉不相保雖因人事所致實天厭其德而棄之之時也古云胡虜無百年之運驗之今日信乎不謬當此之時天運循環中原氣盛億兆之中當降生聖人驅逐胡虜恢復中華立綱陳紀救濟斯民今一紀于茲未聞有濟世安民者徒使爾等戰戰兢兢處於朝秦暮楚之地誠可矜憫方今河洛關陝雖有數雄忘中國祖宗之姓反就胡虜禽獸之名以為美稱假元號以濟私恃有衆以要君阻兵據險互相

吞噬反爲生民之巨害皆非華夏之主也予本淮右布衣因天下亂爲衆所推率師渡江居金陵形勢之地今十有三年西抵巴蜀東連滄海南控閩越湖湘漢沔兩淮徐邳皆入版圖奄及南方盡爲我有民稍安食稍足兵稍精控弦執矢目視我中原之民久無所主深用疚心予恭天成命罔敢自安方欲遣兵北逐群虜拯生民於塗炭復漢官之威儀慮民人未知反爲我讐挈家北走陷溺尤深故先諭告兵至民人勿避予號令嚴肅無秋毫之犯歸我者永安於中華背我者自竄於塞外蓋我中國之民天必命中國之人以安之夷狄何得而治哉爾民其體之如蒙古色目雖非華夏族類然同生天地之間有能知禮義願爲臣民者與中國之人撫養無異

詔

封諸王詔

王褘

朕荷天地百神之靈祖宗之福起自布衣艱難創業惟時將帥用命遂致十有六年混壹四海功成治定以應正統考諸古昔帝王既有天下子居嫡長者必正位儲貳若其衆子則皆分茅胙土封以王爵蓋明長幼之分固內外之勢者朕今有子十人前歲已立長子標爲皇太子爰以今歲四月初七日封第二子樉爲秦王第三子棡爲晉王第四子棣爲燕王第五子橚爲吳王第六子楨爲楚王第七子榑爲齊王第八子梓爲潭王第九子杞爲趙王第十子檀爲魯王姪孫守謙爲靖江王皆授以冊寶設置相傳官屬凡諸禮典已有定制於戲衆建藩輔所以廣磐石之安大封土疆所以眷親支之

[illegible]

[illegible]

厚古今通誼朕何敢私尚賴中外臣僚相與維持弼成政化故茲詔示咸使聞知

定嶽鎮海瀆名號詔

詔曰自有元失馭群雄鼎沸土宇分裂聲教不同朕奮起布衣以安民爲念訓將練兵平定華夷大統以正永惟爲治之道必本於禮考諸祀典知五嶽五鎮四海四瀆之封起自唐世崇名美號歷代有加在朕思之則有不然夫嶽鎮海瀆皆高山廣水自天地開闢以至於今英靈之氣萃而爲神必皆受命於上帝幽微莫測豈國家封號之所可加瀆禮不經莫此爲甚至如忠臣烈士雖可加以封號亦惟當時爲宜夫禮所以明神人正名分不可以僭差今命依古定制凡嶽鎮海瀆竝去其前代所封名號止以山水本名稱其神郡縣城隍神號一體改正歷代忠臣烈士亦依當時初封以爲實號後世溢美之稱皆與革去其孔子明先王之要道爲天下師以濟後世非有功於一方一時者可比所有封爵宜仍其舊庶幾神人之際名正言順於理爲當用稱朕以禮祀神之意故茲詔示咸使聞知

開科舉詔

詔曰朕聞成周之制取材於貢士故賢者在職而其民有士君子之行是以風俗淳美國易爲治而教化彰顯也漢唐及宋科舉取士各有定制然但求詞章之學而未求六藝之全至於前元依古設科待士甚優而權要之官每納奔競之人辛勤歲月輙竄仕祿所得資品或居舉人之上其懷才抱道之賢恥於竝進甘隱山林而不起風俗之弊一至於此今朕

統一中國外撫四夷方與斯民共享昇平之治所慮官非其人有傷吾民願得賢能君子而用之自洪武三年爲始特設科舉以起懷才抱道之士務在經明行修博古通今文質得中名實相稱其中選者朕將親策于廷觀其學識品其高下而任之以官果有才學出衆者待以顯擢使中外文臣皆由科舉而選非科舉者毋得與官敢有游食奔競之徒坐以重罪以稱朕責實求賢之意於戲設科取士期必得於全材任官惟賢庶可成於治道咨爾有衆體予至懷故茲詔示想宜知悉

免租稅詔

蓋聞自古帝王必資民力以助成武功故國家尤當以恤民為先務朕為億兆主甚欲與吾民同樂於天地間即位以來于今三年各處郡邑雖嘗免其稅糧尚慮凋弊之餘未能蘇息其應天太平鎮江宣州廣德滁州和州當創業之初錢糧供億實為浩繁賴此數郡以足國用遂致平定四方念其勤勞何時忘之深宜優恤應天太平已宜免其稅糧二年鎮江宣州廣德滁和已免二年此七處今年夏秋稅糧再行蠲免徽州嚴州金華衢州處州廣信池州饒州以次歸附供給皆為煩勞此九處今年夏稅秋糧亦與蠲免其河南北平近入版圖重念其民久罹兵革疲困為甚山東與河南地方相接其民宜加培養庶使河南之民得以相資為生山東已嘗與免二年河南北平已免一年此三處今年稅糧並行再與蠲免朕以布衣起事民間艱苦無不周知今所優免姑以凋弊之處為先所在有司其尚謹於奉承以體朕恤民之意

封安南國王詔

朕躬膺正統撫有天下眷爾安南素知尊慕中國去歲國王陳日煃奉表稱臣朕遣官齎詔印仍封為安南國王比至境而日煃已逝今世子日熞能繼先志專使請命考於典禮宜嗣其位是用命爾日熞襲封安南國王授以金印於戲父子之親既謹承其基業君臣之義尚永守於藩方故茲詔示想宜知悉

封占城國王詔

皇帝詔曰咨爾占城國王素處海邦奠居南服自乃祖父世篤忠貞嚮慕中朝恪守臣節今朕肇承大統撫馭萬方欲率土之咸寧嘗馳書而往報而爾能畏天命知尊中國即遣使稱臣來貢方物思法前人之訓以安一境之民眷爾忠誠良可嘉尚是用遣官齎印仍封爾為占城國王於戲以內治外朕乃一視同仁以小事大爾尚慎終如始永為藩輔益勉令名故茲詔示想宜知悉

封高麗國王詔

朕肇膺正統誕撫多方乃眷高麗襲朝鮮之遺壤克尊中夏逾渤海而稱臣頃詔使之往臨即表詞之來上有嘉方物良伋衷情蓋由夙慕於華風用是恪修於臣職況爾三韓之衆世皆慎始終屬茲四海之一家何殊內外爰稽彝制載錫真封今遣其官齎印仍封爾為高麗國王於戲保民社而王纂榮懷於舊服守禮義之國作屏翰於東藩其始自今毋替朕命故茲詔示想宜知悉

招諭擴廓帖木兒詔

命故茲詔示想宜知悉

樂浪之言服于豐美之國乎原衛之東海其欲自今將來朕

封今遣某官齎印往封爾為高麗國王於戲保民者爲王基

撫我臣服四海之一家同於內外之美[illegible]嚮化真

何東青齊由爲屬[illegible]奉屬國是以各修臣職以固三韓之業

命迺遣使而韓臣[illegible]詔使之往詔曰表同文之來上有嘉乃誠

朕拿[illegible]并無斁文乃爾[illegible]高麗國王永為中夏

封高麗國王詔

咨故茲詔示想宜知悉

朕乃一視同仁以小事大爾尚其效口始永慕[illegible]令

可嘉尚是用遣官齎印往封爾為古城國王於戲[illegible]以治外

撫臣來貢方物早遣所入之言以安一境之民皆齊心信良

土之人[illegible]寧書而[illegible]爾[illegible]天命知尊中國[illegible]使

寰心[illegible]中[illegible]今朕[illegible]大[illegible]無[illegible]遠

皇帝詔曰咨爾占城國王[illegible]自乃祖父世

封占城國王詔

宜知悉

之韓既護其[illegible]八[illegible]守[illegible]故茲詔示朕

嗣其[illegible]命爾曰[illegible]國王[illegible]以全付[illegible]文子

而日煃已逝今世子日熞[illegible]請命[illegible]宜

陳日熞[illegible]表[illegible]臣朕[illegible]安南國王[illegible]貢

朕[illegible]有天下[illegible]安南[illegible]中國[illegible]安南國王

封安南國王詔

自昔帝王之得天下當大業垂成之際尤必廣示恩信雖素相仇敵者亦皆兼收而竝用之所以法天地之量而成混一之業也朕自起兵淮右收攬群雄平定華夏唯西北邊備未修蓋以擴廓帖木兒猶守孤忠保其餘衆居于沙漠以為邊患朕甚念之茲用特與寬宥必能知時達變慨然來歸其所部將士多我中土之人文武智能朕當一一用之有願還鄉里者聽其賀宗哲孫翥趙等果能賛其來歸其功非小投機之會間不容髮朕言不再其審圖之故茲詔諭想宜知悉

諭安南國詔　宋濂

春秋大義亂臣賊子在王法之所必誅不以夷夏而有間也向者安南國王陳日煃薨我國家賜以爾璽書而立日熞為王今觀所上表章乃名叔明詢諸使者曰熞為盜所逼悉自剪屠其羽翼身亦就斃此皆爾叔明造計傾之而成簒奪之禍也揆於大義必討無赦如或更弦改轍擇日熞親賢命而立之庶幾可贖前罪不然十萬大軍水陸竝進正名致討以昭示四夷爾其無悔

制

中書平章政事常遇春追封開平王制　王禕

天開鴻業篤生英傑之臣星隕將營載舉哀榮之典肆大勳之垂集俄上將之云亡庸錫褒封誕頒渙號具官常某英敏而沈毅嚴肅而恢宏自初建於義旗即來歸於戎旆首從淮右揚采石之鋒旋定江東振丹陽之捷拓邊疆於金楚殲強敵於三吳掃河洛而奠中原指幽燕而平朔土功成百戰允

服詩書之訓早效葵忠貴任鎮藩撫綏保境安民青四方之人來庭
方之碩輔具宜每思禮杜林者謙遜器量雍容智謀韜略合人奇技
寔無宜以藩萬國任莫重於本兵掌軍政而總六師選必先
禦思豐禮授大都府副使司
世世承襲
誥揚鑫言之盡可授光祿大夫誥西王以紹命亦甲其子孫
誥錫爵祿封不忘之誥服人之意奉遠通寵之龍綬之心尚思
命以示恩乃舊封西授任兼使守其祭祀豈惟保茲界入於
以及境知同焉故之識真主義莫其于之歸成周是用頒誥
爾數之在番於去就率先遣使而來庭體其士壤不待興師
因之屬之若者咨咸輸以安全茲服蒞開為業之初推撫以知
任維城之重者乃用土於選取撫循合宜守有各脩其職業
迩於乃所為精順其幹宣直行其業在所圖為近源
虔答善忠貞之節在當時之寵遇其嘉尚者為外藩
朕運賞實德五爵而事其漢左之章推戴之德李勤舉十世以爵

代翰林學士封靖西王制　蘇伯衡

王謚忠武
遠功臣開府儀同三司上柱國太保中書右丞相追封開平
尚服節鉞之命寵兼將相紀清亂昌平贈翊運推誠宣德靖
加於于其酬數於國金書鐵券昭古佐運之功宋本纘之家
若斯情何朕已沐書遂於方相爵兼錫於真王禮數之有
儀海宇一家既已成於大勳君臣同豐期共享於太平事乃
漢上之追撫京言之遠來知乃棄而擁章言之肅深用痛
為一世之豪傑冠三軍而勇萬人之勇攻取無前以遺實

提壃籍戶爰一旦而來歸明炳幾先忠於內附蓋去留灼知平天命肆危疑克斷以人謀辭項從劉知同曲逆舍囂去述識擬伏波凡我師徒東兵而下淮甸暨其士女按堵有如泰山靖言思之厥功懋矣是用擢居宥密俾贊樞機匪彰效順之勤式示輸誠之勸於戲立非常之功則有非常之賞旣肇錫以殊恩奮國士之報以酬國士之知益圖臻於顯効可授大都府副使

誥

皇外考妣追封誥

王褘

朕惟歷代君天下者推恩必及於后族親親之道也皇后馬氏勤勞內助化家為國非其親之積德何以致此稽于典禮是用追封皇外考馬某為徐王皇外妣為徐王夫人仍立廟以奉祀事於戲親之至則思遠報之至則禮崇尚推幽靈歆茲䘏典

趙德勝贈江西平章政事追封梁國公誥

開國之初朕賴爪牙之士執干戈以拓疆土其有捐軀徇國而沒於王事烏得不深念之哉具官趙德勝剛果有識勇毅絕倫始自滁和奮迹行伍乃從渡江拔采石取姑孰遂定建業克丹陽破毗陵皆預有功乃陞帥職從大將下宣城江陰攻吳興錢塘收靑陽石埭襲宜興高郵而安慶九江鄂渚南昌之役其功益著及守南昌平山寇靖屬邑朕甚嘉之爰膺僉樞之命夫何敵兵侵城竭力備禦誤中矢鏃竟隕其身於戲有功而不及親受其報朕之念爾何能忘之是用陟以崇階列職台輔仍封大國建于上公以示飾終之儀以昭勸忠

階列爵錫封茅土入國建于上以又示褒之義以昭勸忠
識有功而不及親受其報兹大命爵何能已乃以見用法以崇
念惜之命夫何敵兵侵城將力禦中矢殞身實殞其軀以殁於
昌之役其功益著及于南昌于山康郎之戰勇首入敵遭
攻吳興收青陽石埭東江與高郵而安慶九江鄱湖南
業克平陽設謀實預有功乃從征大將下宣城江陰
統倫始自將和會遂行伍乃從攻江淮取姑蘇遂定建
而從事於王事竭其忠不辭念之勞其言官奏德勝國則果有猷勳後
開國之初來歸乎之士幹才文以才畫土其有帶爾曾國

勅故蘇議用贈江西平章政事追封國公誥

故擧典
以奉祀事於戲寵賚之至聖恩之至三重襃崇尚推恩贈以
爰前追封其父本書其事系于皇上機爲命王夫人以位宗廟
氏德善以化來無圖來著論以寶向以致夫賢于典禮
於勤奉外吉天下者嘉思以文今於來朝觀之道也皇帝

皇太子故追封誥　　王禕

誥

大都府同文
懋以奉國士之兼以曾國士大夫金圖祭公恩數石數
之勤左平勤以之勤以全非於之功則有本命之言誥
山益言忠之原以功也表其事資陳圖運政實
請從其弊以昌不淮東坐而下無問聲士故將有於
乎天命其嚴克事以入誥謹有同由進合嘉守
戢璽之后受一旦而來歸明而我為內謙命於

之道英靈如在尚克歆承

方國眞除廣西行省右丞誥

自元政既徹乃有智勇之士乘時而興思建功業及天下兵起遂角立一隅以爲民人之保障其後果得所歸以全富貴是亦可謂豪傑者矣以爾方國眞材器雄毅識慮深遠知世道將不可爲乃奮于東海之濱二十年間與其兄弟子姪分守三郡而威行于海上得非一時之豪乎然奉貢于我蓋亦有年終能知幾達變舉族來歸富貴功名保而不失始終自全如此朕甚嘉之是用擢居左轄列名外省食其祿秩綴于朝班以示朕優崇之意爾其恭慎以自飭暇豫以自安益勉令名庶圖報稱

楊暐除中書左丞誥

朕惟輔相所任大政而左丞實爲之佐贊政本而弘治化其職重矣必有才德者乃稱是選具官楊暐文足以經國武足以濟時當朕創業之初爾即委身事朕內則効謨謀於帷幄外則宣命令於四方踐敭衆職政業昭著及居中臺紀綱大振屢叅省政勳績尤多今四海混壹朕將以仁義禮樂化風天下正爾展其所學之日也頃者命爲右丞三月之間庶務畢舉其公平正大之心皦然可見朕實嘉焉左丞之任俾爾晉陞爾尚益盡心力共圖政理經綸審於事體施設酌乎時宜使百司奉法天下治安以副朕簡注之意可

汪廣洋除中書右丞誥

中書綜理百司綱紀庶務設丞于左右所以贊政本而弘化功必得濟時之材任重之器乃稱茲選具官汪廣洋道足以

[illegible]道英靈如存尚克欽承

[illegible]右丞誥

[illegible]

中書左丞誥

[illegible]

宜使百司奉法天下治安以副朕[illegible]之意可

[illegible]中書右丞誥

中書總理百司[illegible]

[illegible]是以

佐文治學足以庇民生敭歷中外十有六年比歲江右山東屢叅省政克膺方面之託乃入爲中執法振舉憲綱蜀陝右之地初入職方轂自臺端出任省寄僅逾半載勞効已著朕甚嘉之爰念功成治定之時正立經陳紀之日匪資碩望曷圖治功是用命爾復居中書輔我大政右轄之位往其居之於戲官必擇人人惟求舊公輔之任朕期爾久矣爾尚益宣材力務展猷爲設施酌乎古今經綸審於事體庶成勳績以副朕懷可

吳琳除吏部尚書誥

惟古帝王之治天下在於得人才然人才實由於銓選朕所以於吏部之職必擇器識公明者居之具官吳琳學術既醇踐歷尤正其來事朕由博士陞僉憲司克振風紀及貳醝臺國課以辦俾居記注獻納爲多茲用陞長天官以掌銓衡之重爾其量材而授官計功而考能使賢愚有別而黜陟合宜庶稱朕爲官擇人之意可

杭琪除戶部尚書誥

國家以戶口土田之事徭役職貢之方與夫會計倉廩府庫經費周給之數一歸之於戶部古之制也必才周而識精者始稱茲選具官杭琪處事詳練敭歷爲久皆能展其所長爰佐大農遂貳戶曹涖事唯謹勞績優著朕甚嘉之是用俾爾陞任地官之長尚其明生財之大道務培邦本使食貨充而國用足以稱朕節用愛人之意可

魏觀除太常卿誥

太常之職掌郊廟社稷山川群神之祀其任重矣必明於禮

大常之職掌宗廟社稷山川諸神之事所以交神明也其任甚重必得明敏之
　賢聰令大常卿誥
國用足以蕃庶昭朕愛人之意可
　理財之道古人是尚其用主財之大道在於生者本衆而食者爲末
位大曲條養貴戶書掌事謹節用書以安人之用以阜國
於滋滋選具官所以裁處事務與其節濫之人治其所長之
經費國合之數一歸之於戶部古之司徒也今之戶部之職者
國家以戶口十田之事任之大會計其財用之數而責與
　於其膺戶部尚書誥
務成爲官擇人之意可
吏部其量材而授官計功而考績賞罰以別而與治合宜
國家以群臣之是多設官以別其多茲用典其天官以掌銓衡之

選先正主宋章朕由輔士理合富司克舉朕及有賢事
以職之必筆器識以明告居之具官與學行輔
惟古帝王之治天下在於得人人之賢否由於銓選所
　其精慎吏部尚書誥
副朕懷可
材乃濟國家設施酉古今經綸宰相守體治政績以
治讓官以擇人入任宋書公輔之任朕其兩入美爾宜宜
國治均是用命爾復居中書輔朕大政右轄之任其居之
其嘉之美合於成治是王經綸之日輔貞幹居
之施初入職方職有書生拜宮漢清功己朕
寅敬乃面乃入爲中法宰相輔後存
任大治事庶以治民生政中外十有六年湶有績

典者乃使居之具官魏某學行方正事朕有年累持憲節振揚風紀及領鹽司大課以集勞績茂著朕甚嘉焉頃者俾記言動朝夕之間屢進讜論尤簡朕心玆用命爾長于太常爾尚務持齋戒慎恭乃事用副朕誠敬之意而感通於神明焉

可

高安除給事中誥

有事殿內之臣其職爲親且近是以漢有夕拜之事唐有塗歸之儀朕稽古建官仍置厥職雖封駁之制不洽于昔而論思獻納之助蓋有望焉以爾英敏之資闓偉之器自乃祖父奮起西土世濟其美爲時名臣爾生于名門蚤踐華要以閥閱之子弟習臺閣之威儀朕甄録遺才無間疎戚酌于衆論俾列邇聯顧方樂受盡言務勤庶政凡有關於公議其毋憚

於敷陳益懋嘉猷圖稱予望可

王文除侍儀使誥

朝廷之禮貴乎嚴肅以故等威有辨而周旋進退各得其宜此贊相之職所以必擇人而任之具官王文資禀純美學知向方昔者乃父嘗持文墨議論以事朕而歿於王事朕深憫之故於其子特甄録之入侍於近衛從事於中書及居引進之司尤著恪恭之譽玆用進職列于侍儀其小心以自持尚臨事而加敬使禮文之行於朝廷者秩然可觀則予汝嘉

張祐除司天少監誥

司天之職在昔皆世守之故其淵源正而術數精非若他伎雜藝可以驟而學之也以爾張祐智識明邃通於天文之術其在近代祖父世掌天官而爾實承其家學淵源既正術數

[illegible]

皇明文衡卷八 十一

[illegible]

尚務[illegible]而承[illegible]於神明焉

可

以精其古所謂顓門名家者歟茲用命爾仍職司天尚其益攄所蘊謹於推步以副朕敬天勤民之意可

朱升除翰林侍講學士誥　陶安

朕聞洙泗集群聖之大成新安為文公之闕里先後相望斯文盛昌況新安之有人與前賢而同氏允為博古通今之士耆年碩望之英是宜備顧問於內庭參密命於翰苑惟茲華要用寵師儒朱升趨蹌禮法之場超卓傳註之表群經獨得其趣諸子莫遁其情網羅百家馳騁千古自其潛心積累至于皓首蒼顏用功勤矣朕開基以來歲每徵聘戔戔束帛為矜式於國中青青子衿來英才於館下議禮作樂郊廟所資修己及人國家所尚擢登玉署侍講彤闈鳳池兼掌於絲綸麟史仍參於筆削天地交泰有資贊翊之功雲漢昭回共致文明之治可授翰林侍講學士中順大夫知制誥同修國史宜令朱升准此

安統除兵部尚書誥　宋濂

兵部司馬之職尚書法從之官古不輕授今難其人蓋戎務之出入馬政之弛張莫不繫焉非有奮厲之才練達之智不足以奉揚威武毗贊機密者矣具官安某粤自蚤歲有志事功自北而南在朕左右及其給事內廷論思獻納之益亦時有馬夏官之選惟爾之能然以入座之貴朕非輕以畀人者也爾尚一乃心力以報朕所以見知之意嗚呼惟秉義守正則可以謹科條惟趨事赴功則可以行邦政尚思自勉服我訓辭

王居仁除山西行省參政誥

王居仁除山西行省參政誥

制詞

則可以謹科作準事也以則可以行所政陷圖自鮮服夫

此廟帝一乃心乃以朕所以見以行之德爲平準求義之正

有嘉夏官之選治則奪人廣之能於以人事以書非經以證之吉

自北而南在朕左右之及其綸事乃達謚思敏於爲以並亦時

足以來擔成或就資斃爰者矣良官安其事自本有志其事

之出入焉攻致莫不樂焉非有所著聞之下無罪其要智不

兵部司馬之職向書去從古官古不嚼授公難其人益大務

故爲念朕以兵部尚書誥　宋濂

宜令朱升佳此

文明之治可效之相與致理之時中順人大治制語同參國史

藏文以參之奉文學士文教在焉爲人以文其事回共教

條已文人國子所向謹在王書前論所聞之在事文論

於大學國中有言下令外英下於語下議禮於實所亦爲

子學在前國內人之請未開其來之來求下於白其以有

其學謀士真論王前謹百家時十古自其求之語事有

吾學所講論之文其論古人求學人之今事王求朝士

文論古人之學以立言之人立國世求今王之求以古

以聞求古學者文人大成世求今王之國以文學

朱升除翰林學士誥　劉基

勉之以其文以學學以其文之人其言可

以文古所論學問之者所令學文人古以文

國家之建行中書所以控制方面而宣布政令者也况河東山西之地舊為藩所轄州郡不啻六十有餘版籍之廣民庶之繁其事亦云夥矣邇者鑄印開省未設丞弼先命近臣爲參知政事奏辟官屬以行則是大小之務皆得專達非止參預而已也與斯選者非得勳舊之臣曷足以重其任哉具官王某才足以匡時謀足以經遠自渡江以來委身事朕凡十五年践歷中外多著勞烈執法中臺聲聞益著於是簡在朕心俾躋政府嗚呼陳紀立經爾尚膺藩宣之寄安邊靖國爾其盡撫綏之方往惟汝諧毋替朕命

潘興祖授飛熊衛指揮使誥　蘇伯衡

環衛之司實居左右勳舊是任用表勤勞具官某直而能容剛而不撓方渡江之伊始卽杖策而來歸奮前驅而擢彼南征列中堅而保綏東土奔走禦侮蓋無戰而不從艱難備嘗斯有功而必錄戎旃再典獎命荐膺綽有休聲既克副於望實誕加峻秩庸足展其威名督騎士總材官任良重矣訓武經申兵法爾其勉之

王弼授驍騎衛同知指揮誥

社稷之守必在於爪牙拱扈之臣視之猶心膂克膺茲選實難其人具官王弼沉静可嘉果敢無敵始列右廣繼長千夫屬櫜鞬而率先戎行時將十載聞鼓鼙而克勤乃事勇冠一軍儋爵之恩愈隆汗馬之勞益著追茲升擢彌切倚毗帶礪山河朕不遺於故舊功銘竹帛爾式克於欽承

謚冊文

懿祖謚冊文　代陶學士作　蘇伯衡

遣祀謚冊文代國學士作　　蘇伯衡

謚冊文

山河帳不遺存故[illegible]升[illegible]大夫[illegible]奉
軍儀鑾輅入國心會改遷于用八荒[illegible]十[illegible]衡向出帶[illegible]
屬纍業鞭而辛右丈夫行帶告十[illegible]聞其文[illegible]帝[illegible]乃車冕官一
雜其入具官王預況靜可嘉東敢典[illegible]右奧[illegible]千夫
社稷大守之任於乃于共圖大臣禎入禮心[illegible]祐[illegible]實

王預受[illegible]衛同知吉[illegible]詰

經中兵法圖其勉之

實藏乃發執虜足展其敗各宣歸士德杜宮任政事大宣勇
所有功可能必辭大兩而典[illegible]大命存庸[illegible]官木藏[illegible]以之望
從列中壁而保於東土本年之[illegible]盡藏而不依[illegible]

闕而下殊方海上之田而為國大象而本歸之命[illegible]而謂治臨政
稷諸之司事凡告于[illegible]其用未[illegible]與宮其宜而用為合

[illegible]與社稷[illegible]合[illegible]誥　　蘇伯衡

國其基監發大九年[illegible]命
朕之[illegible]政所[illegible]禮[illegible]宗
十五年[illegible]中[illegible]自[illegible]
官王其[illegible]以[illegible]來[illegible]
[illegible]
[illegible]
[illegible]
山西[illegible]
國[illegible]中[illegible]

維洪武元年歲次戊申正月壬申朔越四日乙亥
孝曾孫嗣皇帝臣再拜稽首上言伏以創業開基孝宜先於
追遠祖功宗德禮莫大於正名蓋由積善而累仁是致以家
而爲國考文於古進謚在今伏惟
皇曾祖考府君性賦慈仁志存謹厚克勤克儉修身永念於
貽謀無黨無偏履道每期於垂裕昔陶唐上崇於少皥而周
武追王於古公思水木之有本原履霜露而懷怵惕謂多儀
備物未足盡於孝心惟顯號鴻名乃克符於禮典作廟有奕
鏤玉惟榮謹奉冊寶上尊號曰
恒皇帝廟號　懿祖陟降有臨神明如在繼志述事敢云有
道之曾孫啓土建邦永賴在天之烈祖謹言

懿祖妣謚冊文

維洪武元年歲次戊申正月壬申朔越四日乙亥
孝曾孫嗣皇帝臣再拜稽首上言伏以人之大倫正始必由
於内治國之盛典報本莫大於尊親惟今日之光華皆重闈
之積累嚴備禋享敬上徽稱伏惟
皇曾祖妣坤道順承壼儀雍穆儉遵澣濯德育夙著於宗姻
禮備温恭慶系遠延於孫子實由中助不顯前聞惟種德於
百年之先故食報於數世之後遂令眇質獲履至尊爰考舊
章式崇謚冊謹奉冊寶上尊號曰
恒皇后誕受帝祉永膺令名重翟褘衣莫遂生榮之願關雎
麟趾尚祈陰相之功謹言

遣祭文

祭古帝王陵墓文　宋濂

祭古帝王陵寢文　　宋濂

遣祭文

嗣[illegible]相之方謹言

恒皇后[illegible]今合[illegible]

章天業[illegible]奉冊寶上尊號曰

百年之先[illegible]

[illegible]

[illegible]

[illegible]

於內治國[illegible]本莫大於尊親[illegible]今日之先[illegible]

[illegible]皇帝臣[illegible]拜手稽首上言伏以[illegible]大倫正始必由

維洪武元年歲次戊申正月壬申朔越四日乙亥

[illegible]

追[illegible]皇帝[illegible]

恒皇帝[illegible]

[illegible]王[illegible]

[illegible]

[illegible]

皇曾祖[illegible]

而[illegible]四[illegible]文[illegible]古[illegible]今[illegible]

追[illegible]祖[illegible]大[illegible]王[illegible]

[illegible]皇帝臣[illegible]拜[illegible]首上言伏以[illegible]

維洪武元年歲次戊申正月壬申朔越四日乙亥

昔者聖帝名王豐功盛德被于生民四海咸賴澤世既遠陵
墓所在往往鞠為樵騎祭祀遂致廢而弗稱朕既統一天下
主百神之祀心甚憫焉因遣使者訪問其處命有司製衮冕
之服具牲牢醴齊致祭陵下而焚之然帝王之精神上與天
通陟降帝所必能來格於冥冥之中也尚享

祭高麗國山川祝文　王褘

高麗為國負于海東山勢磅礴水德汪洋實皆靈氣所鍾故
能使境土乂安國君世享富貴尊慕中國以保生民明神之
功於是為大朕起布衣今混一天下以承正統比者本國奉
表稱臣納貢朕嘉其誠已封王爵考之古典天子於山川之
祀無所不通是用遣使敬將牲幣往脩祀事以答神休惟神
其鑒之

擬祭元幼主文　錢甦

皇帝謹遣某官某致祭于元幼主之靈曰嗚呼天父地母而
人生其間天地之氣有偏正故人之生有華夷而尊卑貴賤
分焉自古華為天下主而四夷服從亦猶家之有長而子弟
順化帝王之心豁然大公以宇宙之內為一家四海之外為
一人而一視同仁者良以此也歷代以來夷之識者莫不奉
正朔求冊命於中國以保其疆土載諸典籍昭然可徵有宋
中葉天地運否自徽欽不競以至南渡之後日以陵替於是
幼主之先勃興朔漠逡夷種類克取金源遂兼宋以馭中夏
幾及百載斯民實蒙惠焉然天地之經華夷之義終不可泯
也由是脫其銜轡海內鬬爭民墜塗炭天乃命朕起自布衣
撥亂反之正十餘年間群兇蕩滅遂移師北指幼主父子順

承天命亟返故國華夷各得其所嗚呼是豈人力之所能及哉由此而論則朕之得蓋復吾中國之固有幼主之失乃棄其朔漠所本無耳朕固無愧於幼主幼主亦將奚憾於朕哉朕方欲撫寧遠人以盡一視同仁之義孰謂幼主遽爾捐世聞之感悼不能自已因遣奠以布朕衷惟靈鑒之

皇明文衡卷之一